natureza aberta

Dora Ribeiro

natureza aberta

jabuticaba

Dados Internacionais de Catalogação na Publicação (CIP) de acordo com ISBD

R484n	Ribeiro, Dora
	Natureza aberta / Dora Ribeiro. - São Paulo : Edições Jabuticaba, 2023. 128 p. ; 14cm x 21cm.
	Inclui índice ISBN: 978-85-93478-24-6
	1. Literatura brasileira. 2. Poesia. I. Título.
2023-2383	CDD 869.1 CDU 821.134.3(81)-1

Elaborado por Vagner Rodolfo da Silva - CRB-8/9410

Índice para catálogo sistemático:

1. Literatura brasileira : Poesia 869.1
2. Literatura brasileira : Poesia 821.134.3(81)-1

Preparação e revisão: Cesare Rodrigues
Orelha: Heitor Ferraz Mello
Design miolo: Cesare Rodrigues
Capa: Marcelo F. Lotufo,
sobre colagem de Dora Ribeiro

9 788593 478246

Edições Jabuticaba
www.ediçõesjabuticaba.com.br
www.facebook.com.br/Edjabuticaba
instagram: @livrosjabuticaba

SUMÁRIO

15 no piso do dia

16 dancei para fazer chuva

17 para ai weiwei e outros

18 filo/tropia

19 torre do grou amarelo

20 um dia depois

21 tiros contra os céus

22 mirando o chão

23 eu sou a louca do tietê

24 da silva, hofmann e

25 costurar árvores

26 je veux parler

27 este cemitério de rios

28 dilúvio geral depois de ler fernão de oliveira

29 esquecer

30 que ideia sou eu

31 muito me servem

32 o fio
33 sem técnica de
34 à direita
35 sou pela narrativa
36 fruta impressionável
37 panos de segrel
38 rosa do sol
39 naturais lugares
40 muitas terras
41 entre o muro
42 sombrinhas a domicílio
43 latitudes
44 para camila
45 dizque quando se vive
46 é da natureza
47 tomando todas as curvas
48 a vaca de gauguin
49 (respondendo a t. stoppard)
50 esta natureza
51 do nunca até
52 uma can of worms
53 crab canon a partir de herberto helder
54 à porta da casa imperfeita
55 fosse uma cantora

56 de casaco além da
57 the simple rule
58 elogio do corpo no cordão
59 este lugar
60 distraída
61 acabo de me lembrar
62 surgindo à boca
63 intuição nãofulleriana
64 repertório humano
65 cavatina
66 visitando abiquiu com georgia o'keeffe
67 bueno
68 voando baixinho
69 basicamente
70 mesmo
71 o sertão
72 trabalhosa
73 a mãe de santo agostinho

máquina de perguntar

76 hipótese insegura
78 (falamos) 160 línguas mais ou menos
79 para o oswaldo
80 sempre disponível
81 tocada pelo sal

82 na tarde dos olhos
83 que estúpida mentira
84 a culpada (tarsila)
86 sobre mim
87 assim
88 estreitura não tem
89 erroenganofalha
90 costurando o avesso

nadador/a

95 nadar nas ideias alheias
96 num cartório
97 sobre a mente
98 começar e o fim
99 há um gosto
100 quase 22
101 o desvão e suas propriedades
102 eine frau no brasiu
103 a luz sempre
104 um corpo tem
105 fragmento
106 não mais o corpo
107 a fruta também cai
108 rastos vivos
109 este nome de mundo

110 por baixo da ponte
111 via negativa
112 não
113 uma porta mal fechada
114 vem
115 cruzo
116 dependo do
117 inconsútil
118 consultar labirintos
119 jangala
120 conheço poucos
121 o nome disto & daquilo
122 a transitória
123 o teu
124 a palavra

natureza aberta

Porque o corpo é uma flor muito fresca e mortal
(de um poema nauatle, traduzido por Herberto Helder)

no piso do dia
a poeira procura
nexos

carne
e coerência
se misturam
substituindo
a violência
e suas narrativas
pela corrosão

o nervo da escolha
tem um cunho
simples
e não abstrato
para marcar
o sim
e recordar o não

dancei para fazer chuva
certa da justeza da repetição

compus
no escuro
a cópia
da fome

cavalguei mundos
abastecidos de respostas

sentada na gangorra
ainda agora contemplo
com alvoroço
o bolo histérico que
ora gasta homens
ora gasta mulheres

para ai weiwei e outros

1.7
um dissidente sabe seu número
com a mesma precisão do corpo
que não cai em linha reta
sua mente por definição
não se abre
não se fecha
regurgita harmonia
nada a declarar
nada a denunciar
a não ser a vida daqui mesmo

filo/tropia

um braço leve à glenn gould
pausas longas
e danças em baixa certeza
cabelos crescidos
deixando expandir o espaço
que a música
não preenche
e a cada silêncio
os dedos escrevem o som imaginado

torre do grou amarelo

o dedo é móvel
mas quem escreve
faz o tempo

no deserto
as portas são infinitas
e o corpo tem metáforas
quase-cristais

daqui
incessantes
são os entendimentos
da árvore do mundo
e do voo dos pássaros

um dia depois
outro
até qualquer
barra do dia
fim qualquer

consola o espanto
repetido
a cada variação

em barragão
silva pinto
assentou
moço alentado
animoso
que
em outras eras
sabia da pátria
hoje
se diz do
que vive
amancebado

houaiss
apenas
anotou
amasiado
o resto
ficou para trás

tiros contra os céus

cresce
nas paredes de mim
morre
nas pedras de mim
nas nossas
letras agrícolas
uma violência
quieta
quente
que nem o dia
ou a noite
entendem

mirando o chão
e seus habitantes
e todo o caos
insistente

faço cessar
a paisagem
o nojo dela

quero chamar a palavra
mas não chove
mas poderia diluviar

eu sou a louca do tietê
mamoeiro ou dançarina
tanto faz

a diferença
casto desejo de
turvar
explicar

eu sou a moralista do tietê
de detritos e entranhas
à mostra

imagem sem crina
sem garganta
de mim mesma

segundo vizinhos
boiam em mim
todas as virtudes
do tropicão

da silva, hofmann e
também confalonieri
esperam
passar
a chuva
cuspindo longas
explicações do micro
do macro e do
indecente

servidas no mesmo
prato
no mesmo
corpo
estendido
vão constar como ideias
no próximo milênio

costurar árvores
hablar
mientras otros
trabalham para
polir ossos

hablar
a paisagem desa
parecida
ainda que chova
e mal se distinga
a terra

hablar
para que o medo
não doa
e o mundo
bêbado
acorde
transtornado

sem melodia
de trégua

je veux parler
des bulles
de savon
mas a água
pornográfica
escorre grave sobre
palavras e discursos

meu corpo
então
diligente
se prostitui logo
de
manhã
anunciando
o festim

este cemitério de rios
é o meu monumento

uma igreja
machadiana
do diabo
onde
chapéus
estão à venda

e
franjas franjas
me salvam da
grande força
moral

dilúvio geral depois de ler fernão de oliveira

nações
vivem nesta terra
bárbaras
viciosas
outras vezes
apenas gente
de gloriosas
patranhas

com muita verdade
boas doutrinas
ainda sucedem

não fabulizemos

grande vento
se acende
nos matos

ainda resta
fazer chiar
a melodia
da língua
tomando
cada voz
na sua água
fresca

esquecer
recordar
suspiram ambos
pela exatidão da
mesma ferida

ó bashô
não deixe
que a
máscara-
-macaco
revele
just now
o animal
que a veste

que ideia sou eu
cloreto de magnésio
clamor de sorveteiro
da navalha seu fio?

nesta póvoa
estrangeira
posso ser o corpo
esquecido na
consolação

estendido nas horas
desistido de paraísos
ouvinte do
martelo noturno
que sobe da calçada

dono dos paradoxos
que levam o fogo
como carne

muito me servem
o mal
e sua clavis inferni

alba e nigra
as explicações
pegam
despegam

uma vez engolida a alba
outras vezes a nigra

o fio
que anda perdido
acaba sendo procurado

entrado em
tortas sentenças
e tagarelice

perdido no dever de esquecer
que só pode lembrar

lutando contra
existência-de-uma
narrativa-só
acorda

sem
querer

a fruta
aberta da vida

sem técnica de
amontoar
ou coisa tramante
de valor
xáprálá este
modo
de colorir
as garras
e as rotas
pedregosas
cheias de conselhos
planos

aos comedores de
terra e ar
ficaria bem
novo repertório
para o enleado
vida&morte

à direita
à esquerda
meu anexim

numa constância
de águas
e jogos de
congregação
de fiéis

entre temores
e cidades
deseja a simetria
triste
das previsões
humanas

sou pela narrativa
fraca
pintada
de modo crasso
no papel

aquela
que dorme no meio
da queda
como qualquer macunaíma

sou pelo vício
da história
e pela cegueira
do camelo
de averróis

sempre atropelando
as gentes

fruta impressionável
e nua
e crua
chuta a proporção
áurea
a cada linha da
paisagem
humana

panos de segrel

aqui começam
os grandes pavores
que banham
vida & morte

feitos blandeza
apostados em
sandices

desiguais no
alumiamento

trazendo à boca
grandes
maravilhas
e línguas

rosa do sol
mar do mundo
ilha verde
da mente

não atropelei
o seu
cão
mas você
destelhou
minha casa
logo antes da
chuva

naturais lugares
de entender
e outras questões
sem fruto
acabam fazendo
das sílabas
seus acidentes

como joão de barros
perdido na cegueira
do mar
conto desconforto
conto que todo nome
se declina em
casos e tempo

muitas terras
muitas águas
muitos ventos

tudo assim
correntoso
e
sem sinal
explicativo

faz com que o
corpo
e suas partes
todas tão
panglossianas
vivam
tranquilos
sem suas
palavras
permutar

entre o muro
da esquina
despelado
e o
cinturão de
asteróides
balsálticos

a clara
carne seca
estendida ao
sol
etc.
fica
mesmo bem
neste cardápio
ingovernável

sombrinhas a domicílio

no elevador o alento
o conforto da
identidade ascendente

uma régua deslizante
rumo ao mapa do céu

para que serve
essa história
edificante
senão para
infinitas correções

dramática
mesmo
só a
cidade de calvino
aquela
que toma
a forma
do deserto
à sua frente

latitudes
ou seriam memórias
perseguindo o ventre
da alma

ou
privilégios
de quem não olha
nem o céu nem
o umbigo

e procura no
ar pesado
do mundo
o colo
móvel da vida

para camila

tierra e fuego
em mapas
criados
para todos os
fins

caminhosescadas
que vão do
nadachão
para céunenhum

dizque quando se vive
num lugar assim
com esse nome
assim

dizque quando
se deita
no sofá azul
da rua
ou sob o plástico
negro
na calçada
todos os mundos
acabam se encontrando

no embate
dos corpos sem papel
que não vestem carne
a mulher
vira estandarte
da miserável leveza
que anda sem roupa

é da natureza
sentir-se
ridícula
líquida

mundamente
ver o nome nu
das coisas
e dos seus fatos

buscar o abrigo selvagem
a longa cama
seca
e variável
onde se vai moldando
a impostura do dia

tomando todas as curvas
como verdadeiras
subindo ao pescoço de
cada uma delas
confundindo no próprio dorso
o cavalo
o balcão de pensar

a vaca de gauguin
pensa que está presa
pensa que está solta

espremida na cor
escura da natureza
acredita em quase
tudo
que faz um pouco
de azul

(respondendo a t. stoppard)

here we can sit down
before philosophy
finds us out

aqui
à beira desta
margem
insegura

é possível
limpar
terreno para
outras ideias

esta natureza
inadimplente
sempre
impressiona

cai na mente
e transforma
o chão
em molde

do nunca até
a explosão
nesse espaço
variável
solto do tempo

posso passar
a vida
alguns minutos

nada me segura
aos fatos

que se dissolvem
no bel-prazer

uma can of worms
também põe em
ordem o reino animal

a perfeição
não é o seu mérito

o desfrute
sim torna obsoleta
a calamidade
e a emoção
de ser humano

crab canon a partir de herberto helder

o absoluto é um
canto
a morte me encanta
cega e inquieta

canto
espelhos e mocidade
cantam
sentados

a loucura entra
vai ao interior das
portas

a loucura é forte
em honra das
nossas noites que queimam
meu amor

à porta da casa imperfeita
a escuridade
vai pendurada
fazendo
cessar
a paisagem nos teus
olhos
outra vez claros

chegará a ser
pura geometria
ou fingirá
uma linha verde
desbotada em
uso

pássaro sairá
voando ou
deixará cair
apenas tristeza das
suas asas

fosse uma cantora
de bar
cantaria e
esqueceria
a ficção fixa
vício
deste velho
focinho

cantaria a ocupação
diluviana
com sua música que
não esconde a
intenção do
buraco
nem seu vento de
dentes
insaciáveis

esqueceria depois as
tardes espaçosas
e seus adoradores
de pedras
e beijaria cada um
desses doces
ajudantes da
dormência feroz

sendo finalmente
cão do meu tempo
como queria canetti

de casaco além da
forma
de pé além do
risco
de frente além da
hora
desgovernando
os açúcares
da insolúvel poeira

the simple rule

na mente
poucas são
as coisas
avessas
ao caminho
rugoso

também o teu
desenho
de couve-flor
com poucas
coisas suaves
combina

íngremes silêncios
nada oferecem
além de fazerem
desabar a
simples regra

elogio do corpo no cordão

preciso deitar
nesta cama
e amortecer

com chesterton
aprender a
contemplar o teto
feito
espaço branco
sem margem

honorável
ocupação que
diz ele
miguel
só pode ter
cuidado
para imaginar
o drama
sistino

iminente
prodígio
sempre espreita
quem
renunciando
ao voo
quer a
acamada visão

este lugar
monte/ilha
ou terra
procura
uma nova
narrativa
oscura

a castanha de caju
enjoa
o côco é da índia
e o abacaxi não
dá resposta simples

você diria que
talvez nada
nada
parece
mastigar melhor
a malha toda

distraída
passou
o óleo de oliva
na sua palavra
solar

os olhos
ficaram
no desconhecido
frescor
da fonte chinesa

acabo de me lembrar
tirsi morir volea

em vez de
tratar da ciência do
céu
preferiu a do mundo
a janela
suja
o
pássaro que
não voa
por se
lembrar troppo
do desejo da
vida

pinturesco banquete
d'amore
com a sua ninfa sem nome

surgindo à boca
a palavra
vem e
esconde as barrocas
da mente
ou seriam mesmo
daggers?

pondo em
guerra todos
os
ventos
feito árvore de
veias e nervos
que tem
fogo
dentro de si

intuição nãofulleriana

numa gravação anterior
feita muita próxima
da mais recente
realidade
você dizia
que as marés abertas
da sua cabeça
eram acidentes
literários
mas podiam
muito bem ser
o meu beagle
ou a minha
febre amarela

muchibus thankibus

repertório humano

tudo
ossos dispersos
mostrando
a linha reta
como monumento
europeu
deste
paiol
sem fundo

cavatina

habito um eu
para
evitar
testemunhos
interditos
outros
eus
outra língua de
cão estendida

eu-não
eu
imensa
a vida
habitada do
seu lado de fora
de todos os lados de
fora

ah
que bela solução

visitando abiquiú com georgia o'keeffe

um cachorro
invisível
devora o tapete
a lua
a escada
do meu chão

não saber quem
sobe no telhado
quem
amadurece a
paisagem
e faz tremer
a luz do verde
é experimentar
o fundo das
montanhas

bueno
eurídice
mais vale
um poeta
num barquinho
tentando pensar
o inferno
do que
uma nova
claridade
achando que
faz
sol lá fora

voando baixinho
dá para escapar
one's mind

a mente
é simetria
florestal
incapaz de um
só lugar

exercício de
derivar
transportando cheiros
de outras
mentes

como você disse
nada começa assim
com data ou
endereço
marcado

basicamente

uma
versão
perifrástica
de si mesmo
uma
sinopse das
coisas em geral
uma melodia
familiar de
acumulação
de passado

o tradicional
sotaque de
êxtase na
catástrofe

mesmo
longe do repasto
da noite
a velha serpente
espreita

mesmo com
todos os
truques à vista
o dia
tão conversável
se deixa
queimar

molestas fiandeiras
a elas ainda
devo muitos sacrifícios
oferecer

o sertão
nu e nu
segue velando
o seu cauim

surgindo
na sua grande
boca sul
vem a duvidosa
arte da
planura

seu mundo
aberto-não-aberto
atravessa
lastimeiras
e grandezas
fazendo furor
do desvario

dos cios
que o tempo
pisa
faz
tradução
do que pode-não-pode

trabalhosa
esta história de náufragos
e devoradores de contrários
difícil a piedade das ideias
envolvendo cavernas
e contínuos

na aparência exterior
a mácula maior
talvez esteja na violência das
águas expondo todos
ao desejo do perigo
funesto compasso de
danças
que acabam derrotando
todas as castas de
bardos

a mãe de santo agostinho
leva a plateia ao
burburinho
mesmo sem usar
palavras à túlio

ao filho faz esquecer
o mel
escolástico

e sem a orgia
de metáforas
traz ao banquete
tudo o que não é
fixo
o que tem meio
termo
o que pode
se derramar

máquina de perguntar

hipótese insegura

habitar todas
as linhas retas
que alagam este
pequeno espaço

(falamos) 160 línguas mais ou menos

ostentação pode ser
a beleza que falta
para fazer
celebrar as sombras
e a doença estampada

cães ladram porque
sim e porque não
fazendo
deste deserto
um sonho de
linhas e leões

são muitas as ervas
daninhas por
nós
semeadas

para estes violentos modos
agora urbanos
respirar é tão duro
quanto abraçar a confusão

para o oswaldo

reacontecendo as coisas-rosa
pego na palavra rio
simples
escura
volumosa
inventora de margens
peguei
ela está aqui
dentro agora
correndo no
pequeno carrilhão
que vai da cabeça
aos pés

sempre disponível
a opção da paisagem
sempre se derramando
sobre a própria cabeça

super savage
a mulher
continua
passeando como
erva daninha

imaginando que seu
rosto escrevente
tem contra si
o gosto do tempo

tocada pelo sal
quase sem intenção
tocada apenas
para lembrar
as sombras
que ficam sempre
em todas
as cores de pele

na tarde dos olhos
o tempo pode
ser escrito
num certo lugar
numa certa curva
num certo chão

pode às vezes
se acender
numa letra
tremida que
diz trazer
mensagem

certeza
uma

queimaduras
são traços
do seu caráter
e da sua
matéria

um barco
fantasma
que segue
removendo
o caminho por
onde
passa

que estúpida mentira
que prazer
que tropeço nu
que beleza escorrendo
no arco da vida

poderia ficar aqui
nesse lugar
meio ponta de ilha
meio plaza mayor

e se passasse um animal
falando assim
sem voz e sem desejo
seria capaz de me
atirar à sua pele
à sua jaula privada

e seria um recomeço
uma tentativa
de me
vestir
de música
no duro mar

a culpada (tarsila)

o autorretrato
no espelho
era uma carta
íntima

entregue
ao destinatário
virou
manifesto
sem-fim

ora
molde poético
ora sol-abacaxi
mandacaru
como conto
da nação

o que a mulher
que virou homem
que come
me diz
é que 1928
fez o que pode
pela
identidade
dos brasis

tirando as mãos
dos bolsos

continuo sem entender
a foto-fixa
que penduramos
sobre as cabeças

oh máquina de perguntar
como esconder que
cada construção
gasta o seu nada

sobre mim
se derrama
não a sabedoria da
embriaguez
mas a grande
mente do tempo

esse
jornal da lavoura
de olhos tardes
e grandes
que-lembra-que
ilhas de baixa
entropia não
duram para
sempre

assim
o contrapasso
essa dura margem
esse banho incessante
no tempo

ah assim
o meio do mar
uma ideia tão distante
que nela
não me escondo

à vista a
solução de ir
entortando a mente
o peito aberto
e nu dela

evidência material
dos sexos

estreitura não tem
abelhas em enxame
não tem ideias
febris
nem nervosas
nem doentes

inundação mora
no umbigo da
vida
cultivando o
pequeno pedaço
de mente
que vive em nós

erroenganofalha

da sua clara
e simples
presença
até da luz
agradável que
dela vem nos
dias quentes
e pesados
quando a ideia
que a acompanha
cresce como febre
nervosa
e faz o
dentro do mundo
vibrar

costurando o avesso

madeleines of the
mind ou seriam
daggers?

original mesmo
só o tempo

não o seu leitor

eterna cassandra
que faz e refaz
a sua espiral dourada

um fibonacci do
avesso

nadador/a

Plurality is the law of the earth

nadar nas ideias alheias
nas poeiras
nas altas conversas
usando as brasas
do cetim

como um deus
fora da machina
que se move pela simples
curiosidade física e
usa a própria
realidade como
compressa

num cartório
de palavras
são infinitos
os recursos
para se conhecer as
formas passadas
do enfarinhado
e inventar
razões

a ordem
pode ser plana
pepina fina
engenho quase
órfão
do desespero

um belo nervo
do problema

sobre a mente
vela a poesia
fazendo crescer
a raiz das
palavras que habitam
e abraçam com
violência a
caixa sem fundo

destruição
é pensar o fim da
linha
antes de imaginar
os incertos e inconstantes
ainda
por construir

começar e o fim

o nervo da questão
se agita
em cada vida
exposta à luz

como se soubesse
descer montanhas
e fazer subir estrelas

a morte vem e cria
o problema
fazendo crescer
o cabelo da
medusa

como nos
despedirmos
do corpo
desejado
a que damos o
nome de
isle joyeuse

há um gosto

sou pré-minas gerais
pré-westfaliana

canibal
sem penas
nem
ritual

do
grande abaporu
restam
suas
bordas sem
barco sem sexo

no seu retorno
brasílico
sombra
e
oculta
cilada
competem na
desrazão

vulnerando
no próprio ventre
novas formas
de reinvenção

quase 22

o chão
tem seu modo de
aparecer e desaparecer
da memória

a banana não é
nossa
(veio da áfrica
junto com
escravizados)
e nosso mercado
de ideias odeia
dissenso

considerando
os
simulacros
quase falsos
seria bom poder
separar
as fatas morganas
das ilusões inevitáveis

o desvão e suas propriedades

invisíveis caminhos
invisíveis armazéns da memória
esconsos
disfarces quase pilares

tanta desaparição
se aguenta
se o olho for como aquele
antigo e egípcio que
sobrou de hórus
que por coincidência
era deus dos céus e dos
vivos

eine frau no brasiu

a física sabe
que o micro e o
macro (ainda)
têm leis
não
combinantes

o problema
(também)
continua aberto
na minha
mente

essa coisa que
insiste
na vida
de
suculenta máquina
de produzir
resíduos históricos
e moles

a luz sempre
parcial e viva
cai feito
arma sobre
minha cabeça

cai acertando
a dificuldade

cai sem emoção
e faz transbordar
qualquer visão
clara
que expele o que
não sabe e
não domina

um corpo tem
sempre outro
como fantasma

um não sabe o que fazer
com o que vê

o outro enxerga
apenas distâncias
e descontinuidades
onde no fundo
e no raso
habitam
atmosferas criadas
por traços grossos e
não-fronteiras

fragmento

altos porões
sombreiam
a sua face
feita hoje de memória
escultural

do antes que estava
ali encarnado
como relevo natural
resta a boca
alterada e linda
em silêncio magistral
dizendo
vivi

não mais o corpo
mas as próprias entranhas
como teia
dos seus
fiapos
e das suas memórias

tudo nada
escorreito

feito um trançado
que é pura lesão

tiger, tiger
sua forma lucente
mais queima do que
brilha

a fruta também cai
como chuva ou
ritmo de água

a sua queda
soa vibrante e ameaça
o seco
o inevitavelmente seco

a fruta pode ser
vento
e espelho do que é
passageiro e arrasador

voo sublime do
temporal

rastos vivos
são constantes viscerais
cordas-colares
habitantes de duplos
mundos
carregados de sombras

dizem-se vivos
por serem seus espólios
música amadurecida
longamente
dentro das gentes

este nome de mundo
& de céu
nasce na marinharia
na sua rede de histórias
e espelhos

todos os
seus amantes
sabem dessa
mudável língua
de fogo
que se prepara a cada dia

poros
e pez
se alimentando
de um
desespero
muscular
caldoso
e completo

por baixo da ponte
entre as folhas
no meio das cores
e dos ventos

no vão das palavras
e no andar
do estridente canto
das planuras

no caminho brusco
das frutas excessivas
feridoras de sujeira antiga

etc.

via negativa

professo a antilogia
como quem escreve
na parede
observando parágrafos
e outras pausas de fôlego
abstrato e natural

a linha branca que
sustenta a narrativa
sobe um pouco
desce um pouco
o laivo
se expande
aqui e ali

os espaços são
claros
desiguais
e pintam
de sons provisórios
o cão que
atravessa a ponte

não
quero me perder
no desenho
no tempo do
guarda-chuva
habitual
nem
na porção de
chão
dobradiça que
se encosta em
mim

para conservar
a terrível avidez
na sua rua
principal
cuido
do lobo
e do cão

uma porta mal fechada
uma pedra à toa
no caminho batido

a despressa

a forma breve
insiste

sem saber
o que existe do lado
desse lá
atravessado
de superfícies
gestos e mares

vem
vem
rasgando
o mundo
buscando
o que fica
em silêncio

talvez
o fio
esticado
e seco que
se demora sobre
a cabeça

não posso
gritar contra o
erro nem
contra o
furor que
faz na
mente

tais suavidades
nenhuma mão
pode arrancar

cruzo
a margem
do meu mapa
e
um jogo de vozes
e chuvas
sobe
iludindo o pássaro
que estava mudo

as coisas começam a falar
e a correr
dos erros sem-teto

nada cola
por excesso e
intensidade

penso
um
coração artificial
e vejo regressar
uma espécie
de desejo
ou caminho
da semelhança

no barco sempre
novo de teseu

depende do
silêncio passante
como o
desvio
do seu líquido

esse jeito de
crescer na corda
agitando as negações
durante tudo

um exercício
de preciosos corredores
e canoas imóveis
sem apuro
e precisão

apenas
alimentoso

inconsútil

dilemas
queimam
nas suas
muitas direções

seguindo
razões que crescem
nas mesmas dobras

ô cinzas cobridoras

em modo
de consumo
violam
o mundo
numa troca
entre o capítulo
irônico
e o
poroso canto
aprendiz

consultar labirintos
ajuda a entender
como o leve sustenta
o pesado

na sua forma primordial
também o dia visita
a noite e o silêncio invade
a catástrofe

na bile amarela
do teatro da natureza
se queima o sempre
para se esquecer o provável

naufragantes
os sentidos
que não mergulham
no caldo espesso
e heróico

como usar a mesma
palavra para dizer
faca ensanguentada
e aranha no teto

qual a geometria
da fruta
que vai nascer

jangala

o arabesque
é uma imagem de
tempo
para medir o
risco de putrefação

em zona tórrida
a ameaça aluidora
nunca foi maior

ulceroso humor
se disfarça
se esconde

aguarda o
momento do
banho
esclarecedor

e
vira
pilar de alguma
ciência

conheço poucos
animais
que estendam
sua voz no escuro

para esticar
palavras
e suas colheitas
na dureza do
ar
salgado
ocorre
primeiro
necessidade de
tremores
não guirlandas

impura
simulação
sombra
carregada de
agora

irreticente
dardejante
viagem

o nome disto & daquilo

meu
sangue escravocrata
ainda parece verde
feliz nos olhos
e nas imagens

desperta em cacos
e vai ganhoso na
direção da tarde
silenciando a mão
que fabula a terra

muitas vezes
decapitado
rasteja na chuva
e não se deixa
afogar

paciente e
condecorado
vera cratera
estrelar
que ainda
uso como céu

a transitória
corda
tece uma selva
um planeta

nela passeia
a mulher
que porta casaco
de sonhar
e não dorme

cria cãs
como eu

se servindo de
ideias e franjas
dispara
mas não acerta

tem tanto
tanto
o que esquecer

o teu
parfum brûlé
contém quase
todas as
possibilidades
até agora
descobertas

o que não
se mistura
se junta ao
que no outro
se dissolve

o cheiro de
fumo de rolo
brinca com o
herói
do azeite e da
poesia

pó muito
pó

porque sonho
e escuridão
não se digladiam

são habitantes do
mesmo desespero

a palavra
sonha
subverter a ruína

pensa
ser grande onda
de chão e ar
que seca o odor
pólvora

estar certa
pode ser
uma cidade vazia

e o vazio
pode ver
formas novas
nas mãos
que respondem
tranquilas ao que
ainda não nasceu

ah calamidade

as remudas
não podem apagar
nossos olhos

Os seguintes poemas foram antes publicados em:

***Antologia Fingimento*, Editora Mombak, 2014**
para ai weiwei e outros
filo/tropia
torre do grou amarelo

***Revista Pessoa*, edição especial para o Salão do Livro de Paris, Editora Mombak, 2015**
eu sou a louca do tietê
da silva, hofmann e
costurar árvores

Blog do Oswaldo Martins
dilúvio geral depois de ler fernão de oliveira

***Revista Pessoa*, Editora Mombak, 2019**
muito me servem
é da natureza
uma can of worms
crab canon a partir de herberto helder
visitando abiquiu com georgia o'keeffe

***Peixe-boi*, Edições Jabuticaba, 2021**
começar e o fim
há um gosto
este nome de mundo
via negativa

Sobre a autora:

Dora Ribeiro nasceu em Campo Grande, Mato Grosso do Sul, em 1960. Poeta, publicou *Ladrilho de palavras* (coedição com Lélia Rita Figueiredo Ribeiro, 1984); *Começar e o fim* (Prêmio de Poesia Luís Delfino 1988, Fundação Catarinense de Cultura, 1990); *Bicho do mato* (7Letras, 2000); *Taquara rachada* (7Letras, 2002); *a teoria do jardim* (Companhia das Letras, 2009); *olho empírico* (Babel, 2011). Mora em São Paulo.

9 788593 478246

Este livro foi impresso na gráfica Psi7,
em papel pólen natural 80 g/m^2 e cartão 250g/m^2
e composto em Adobe Garamond Pro.